EDITION ANTHRAZIT
IM DEUTSCHEN LYRIK VERLAG
DLV

W0473582

Zum Autor

Hermann Rodenhausen, geb. in Laubach (Hessen), besuchte das dortige kirchliche Gymnasium. Schon als Schüler hatte er ein Organistenamt inne und unternahm als Mitglied der »Laubacher Kantorei« zahlreiche Konzertreisen. Nach dem Abitur studierte er zunächst Mathematik und Physik, später auch Psychologie und Musik in Heidelberg, Berlin und Madison (Wisconsin, USA). Anschließend war er an verschiedenen Forschungseinrichtungen tätig. Heute arbeitet er als Kirchenmusiker, Dozent und Schriftsteller. – Besondere Veröffentlichungen: Ontische Epigramme – Meditationen und Reflexionen über das Sein der Welt (2009), Philosophie des täglichen Lebens (2009), Klangräume (CD mit meditativer Musik, 2009).

Hermann Rodenhausen

Licht und Raum

Gedichte

edition anthrazit
im deutschen lyrik verlag (dlv)

wartesaal

das steinerne nüchterne
zurückgehalten überlegene
des fließenden lichtes
enthüllt die erdenkung des raums

verschwiegen harrt
das fein gestrichelte gestühl
in einem ihm
zugedachten timbre

verschweifender
steht das hölzerne
die ihm zukommende beschränkung
nicht hinterfragend
in die feinlich saubere stille hinein

gleichgerichtetes
an vielen ecken
zwiegespräch
konsonanz

von sachtescheinendem
kühlweitendem nichtwissen
wiederholt unbeteiligt neutral
überspannt

erschließen sich
aus halliger bezogenheit
still keimende
weich spielende
schattenrisse

stadtplatz

einstimmt
die versöhnliche
feinrichtung
schweigender giebel
dicht regt sich
die schmalragende
enge

buntbestellt
wachsen wie eifernd
die häuser heraus
groß rührt
die weite über den platz

in zartlichtem jubel
hinschweben
weichwiegende schatten
stillwandelt
der blauschwebende hauch
bewegender helle

gedanken -

sie sind das frei schwebende fein atmende still treibende das heimlich wandelbare wach rührende eigentlich zündende das wach erhobene treibend gültige das dichter ringende wirklich dringende das licht ummessene das sanfter spielende das stiller leuchtende das wissend weisende das unserem wähnenden schweigen leichtsinn verleiht

schnee-
himmel

weis-
ser wirbel
groß rührend ins
nicht ge-
sehene weisend
durchdringen weis-
se schlieren zit-
ternd das kalte hell

kleine flok-
ken stieben taumeln
luftig
vergehend ver-
wehend es
schreibt von
leerer hand das all

das land
verwandelt sich un-
ter
leichten lichts
leiser bestäu-
bung es
schüt-
telt sich be-
trächtlich
das weiß heraus

dichtung

wunderlich
war es
ein rinnen mir
ein
spielendes
feinrieselndes
wo kristallenes
umdichtet
gedankliches
die lichteren spuren
wie
feines
still schweifendes
rinne du
klares
hell leuchtendes
spielt ihr
gleitenden
fasern der stille

fragen an einen dichter

nahmst du
doch
die gläserne hand
das
weitende spiegelgesicht
läuternd
die helle
pflücktest du
den eisigen mond
von hellen lippen
schwellend wie
der klärende raum
die prismatische verdichtung
das wagnis
glatter wendungen
wieviel wildes
nahmst du
klingen dir
die springgräser
das blühende hartlaub
sattsam
das denklicht
die wuchernde weite
das sinnende raunen
unserer
märchenspaziergänge

wie es ist

ist es
so wie es ist
oder ist es
wie es nicht ist
wie wäre es
wenn es so ist
wäre es
wenn es ist
wie es ist
wie jetzt
wenn es
wirklich ist
es wäre dann so
wie es wirklich ist
wenn es
wie jetzt
wirklich ist

spiegelung

wo bläulicher kühle
weitendes
atmende schatten
schweigend umrauscht
der
graufluß
härener stille
sichtbarer
ruhungen
inwendiges
weitend spiegelt
liegen die
wachsamen keime
umrandeter ordnung
der schweifende zaum
sich regender hut
wie
gleitend hingewendetes
sicher gerichtetes

cluster

ton-harmoniefolgen
für
einen gleitenden
weichgesang
hingewendet
mosaiksteintreu
wachsames
aufklirren
gläserner gerichtetheit
aufreiz
wiederkehrender elemente
mit
verändertem plafond
sich spiegelnd
weites
treibendes
ein sich
hell-lichtig
reinwendender psalm

sorge

wenn wir für ausreichend sorge sorgen unsere entsorgung zu besorgen so sorgt die sorge die sogenannte sorge zu besorgen für unsere besondere sorge sozusagen sorgenvoll die sorgsam besorgte sorge zu entsorgen in sorge die entsorgte sorge zu versorgen sorgt die sogenannte entsorgung für eine sorgsame sozusagen sorglos entsorgte besorgung

betrachtung eines haares

unsichtbar
zielstrebiges hineinsinnen
aufrechterhaltung
einer gewagten balance
übertrieben
lautlos kitzelndes
sich nicht preisgeben
schleichendes
tasten
durch
eine entmaterialisierte feinheit
ungrifflich
sich
entziehend
durch sein
sich wegschweigen
unerwartetes versiegen
schlank dichtender hinwendung

worte

das leise zeichnen
feinstrahlig
der hinruf
des wachgeträumten
lichtbilder
zartblättrig
wie
feinregnende stille
die blauschwebende hülle
der schweifende hauch
lautlos wie
tiefschichtig
schimmernd

(für hilde domin)

traumregung

nachtwärts
mondene pfade
verschwiegen
der dunkle zuzug

ruhlos
versunken
im nachtglanz
und
dunkelmächtig
lindernde lauben

irrlichtig
geisternde bläue
verwegen
im hohlrund die
schwebenden wendungen und
glattwandig das
einschweigen das
ohne-mich-spiel
verspäteter finsternis

ersichtlich
die tabernakel des
selbsternannten der
hellglatte zierrat sich
hinblätternd und wieder
wie blühender staub

die hoheit
reicherer wildnis

dein gewand
die hülle
zugetaner wohlfahrt

ganz
unbedenklich
beflissen
der zuruf

spiel auf dem wasser

wie durch eine bitte ein
bleibender einweg ein
ritt auf wässrigem
ein heller sog
ein einmalglaube
eine sich verschwendende bringschuld
sich schwellend rundender kies weichflütig und
sinnenhaft das
goldene fließrund das
blonde schweifherz
dicht und
nicht ganz emotionslos
schmaleigen und
sich wirklich rührend
der
treibende schwan

öffnung

so haben wir
die horizonte des schweigens
gesehen und die
spuren der vollendung
als das
härene lachen aufbrach
und uns –
in der art eines
gehorsams –
zerhärmende räume
näherbrachte

Atem

o daß dein Atem sich Dir gebe
Du all die hellen Fasern
zum klingen brächtest
Wisse, unendlich, o Seele,
daß Dein Atem
Dir Raum wäre

tanz

so sich
der weichen schatten
wiegendes
leise
errührte
das feinsinnende rieseln
des leichten lichts wie
regsame milde
begann
uns härmenden
des schweifend
wohlrunden
blühend bereitetes
auch im
gleitenden spiel
im still geformten ritual
gebieterisch
immateriell
aus
heiligen mündern

zeitenschwellen (in-werdung)

schwindet es doch
das sichtbare
unsichtbare
das sich
windende hohl des
sich rein
verewigenden
gleitend das
vorwärts
das willig geheime
schwellen des
wie zu anfang
sich zur
blüte neigens

das tiefere hindurch
das stille wagnis die
magik des
verschwindens
anstellige zurück
weisung
wie ganz so
unsere aufrichtung
unsere hinwendung
werden wir
hindurchdringen
werden wir
eintreten
eins-sinnend unsere
in-sich-kehr
unsere umsicht
unsere umkehr

nebel

halme
verschwiegen im
erlenrund
atmende
stille
warten
in der leere
wer schließt uns
einmütigen
ihr
wesen auf

frühe

der weiche zerfluss
des
schweifenden lichts
strahlen
tasten leise
im dunst
wie sparsam bist
du gewesen
mir hingewendet
warte du
im aufschwärmenden glockenton
steigt spielend
das wärmere
licht

traumgebinde

die taulichtige kühle
zartrinnender frühe

das dräuende lau
weichfließender lüfte

die singende nähe
klaratmenden frühlingsgestirns

das hohe loh
süßschwärender juninächte

der wolkige wohlraum
blühender wiesenflut

die kuckucksweite
vollrauschender baumschwellungen

heimlicher felder
versunkene nebelgräue

der dumpfe fahlgesang
trauernder weidenfluren

das heimliche freudendunkel
zartkeimenden lichts

kristallbild

stille
sangen
uns nicht
die bündel
erkalteten lichts
sattsam
der wuchernde saum
blühender sonnen

am morgen

glasklar bestückt
schickt sich
der morgen
die
durchsichtige frühe
der hahnenschrei
das
eifrige rinnen
die deutlichen spuren
wachbürstend
der frost
die
sanfte umschüttelung
eigentlich gerichtet
treibt dich heraus
bestimmt es
reicht dir
die fülle
das licht

Sommer

Der hohe Sommer
Gießt die leuchtende Woge
Seines warmen Lichtes aus
Weich und weit
Blaut die helle Luft

Bunte Falter steigen
Taumeln sonnentrunken
Schwer ruht
Der volle Mohn
Im gilbenden Feld

Traumweich wehend
Trägt es die Blüte
Des Thymians hinaus
Werbendes Rot Du
Rund der blühenden Vollendung

Warm dampfendes Grün
Umdichtet feucht
Des kühlen Gartens Fried
An den schattigen Rissen
Der steinkühlen Mauer
Spielt still
Die traum-
versunkene Zeit

sommerlicht

zartes vorsichtiges licht
umgärtet
taulichtige kühle
frohlockender bäume
saftiges gepränge
erwacht
dunkelsummendes laub
holt aus
in weitem hofe
süßschwärende blüte
steigt linde auf –
stille
hell durchklingt
den
lichten morgen

in der stille

in der stille
fängt es
uns an zu klingen –
schimmer
des gerechten
höhere hinsicht –
ist es
resonanz?

gedicht

nest der sprache
fragliches ereignis
besonderer wärme
auffallend
in sich
gekehrte dämmerung
schicksalhaftigkeit
in sich
vergrabener worte

könnte es sein

in glasklarer
feingestalt
das silbrig erzählende
wie
gottes atem
hören
in wirklicher
verdichtung
möcht' es
umgleiten
im traum
in
lustvollen bögen
wieder und
wieder
emporsteigen
wie könnte es sein
ein
hineinhören
ein
verschmelzen der worte
ein
einklang
vernehmlich und rein

ersichtlich

fließt doch
im-
mer hell
hin-
gewendetes ei-
gen sinnt
un-
sichtbares
hell win-
dend schwinden-
des schwillt
schimmernde
schim-
merrichtung sich
hell-
enthebt im
lichterspiel glei-
ches versiegen-
der stille

wölbung

rund
hohlgeträumter
aus-räume das
wohlerhobene
hinein-
rauschen
zu-
sammengeführt
wie aus dem
uns gleichen äus-
serer fülle
ausweitende
lichtgestalt
wie
wachsam uns
erhoben

dezembernacht

abschiedlich
schwimmt reglos
das blaue dunkel
versickernde pappeln atmen
dünn wehendes
winterlicht

dunkelruhender raum
erde
ahnungsvoll verhüllt
der weiden lied
schweigt
am dampfenden nebelbett

seewindflügel
holt uns ein
bringt uns das licht
des tages zurück

die nacht schwindet
im gleitenden spiel
blütenzart
fliegen weichzitternde sterne

tiefsummendes dunkel
enthüllt
melodischzarte wölbungen
geigenhell
hebt sich
der schwellende ton
aus weiten
umrandungen

mondesnähe

lichtstille
windesweiß
vor-
wärts
schwilgend
figuriert es
ins blaue
höher
die lichtung –
sich
schwichtend
wieder
aufschweigt ein
glanz-

gedankenräume

wie aus dem
stillgesenkten
des gründendgleitenden
spiegeldunkels
die weicheren windungen
des schweifend schattierten
weitend aufsteigen
und das
graugeraume hohl
die weiter reichenden
lichtungen
klarer umfließt
so sind auch die
wachgesetzten keime
die sprechenden konturen
die festzuzurrende ordnung
des wiedergeglätteten
im klarbemessenen
sicher hingewendeten
die ganzheitliche ordnung
des dichter gerichteten

wiederkehr

zeichen
bilder
die zu mir
sprachen was
symbolisierst
du wo leuchten
deine schatten
anders
warst du
mir nahe
sangst du
dein lied
war'n nicht
es die spuren
– die härenen –
die um mich
sich schlangen
erleuchte
mein bild

Seinsgefüge

Überbietung eigener Strenge
Wahrnehmung einer Möglichkeit
Übersteigung jedes Erkenntnisgrundes
Erweiterung jedes Erkenntniswesens
Grenzenloses Ausbieten eines Möglichseins
Enteignung jedes Erkenntnispotentials
Enterbung jeglicher Bedingung

Spürbar und wesentlich

klangliches reden

die ästhetik des klanglichen redens entfalten
dabei schreiben was kontextlos gültig ist
einen hohen seinswert hat
(der klang erfüllt sich in der absolutheit)

Wahrheit

Ist tiefste Wesensresonanz
Ist das den Dingen zutiefst zueigen Seiende
Ist Substrat, das der Welt Einheit und Zusammenhalt gebietet
Ist das unseren Augen unbedingt Offenliegende
Ist das den Dingen schlechthin Zukommende
Ist unmittelbar unbedingte Selbstoffenbarung der Welt

Ist Substanz, welche die Seinsgründe des Möglichen ausmacht
Ist das einmalig und zuallermeist Gewusste
Ist unabwendbar ureindeutige Weltbewusstheit
Ist höchster Erfahrungshorizont
Ist urmittelbar unbedingte Sachbestimmtheit der Welt
Ist Wachheit des Weltwesens

sternenlicht

komm und sei
ein atem mir
entzünde mir
das licht deiner
wachen augen

spiele dich
spiele dich in die höhe und
singe den
milden schein
weichblühender sterne

fange mir
die dunkelschöner
singenden schatten ein

bereite ein klingendes mir
ein saitenspiel
erzähle mir
den glockenton
deiner weisenden stimme

singe mich
bitte mich
o heiliges wachsam
und zugegen
durch deine
immer wiederkehrende
stille

Ansprache

Frau Hanni Tobald
Herr Wilhelm Schimmelknecht
Herr Karl-Heinrich Strünzelmann
Herr Michael Fuhrwerk

Frau Rosietta Wallipolana
Frau Ottilie Waldenstruck
Frau Hanni-Heide Flohwinkel
Herr Halibald Knäsperich

Herr Gunibert Spiegelknecht
Frau Doriane Vollwinkel
Herr Abionderich Weissblut
Herr Willibald Fürknecht

Fräulein Therese Schimmelmeier
Fräulein Marianne Hoferzorn
Fräulein Simonette Prillwitz
Frau Heide-Lore Brüdursterwinkel

Fräulein Marionetta Rosenstrauch
Frau Katharina Wollwitzer
Herr Winfried Schnüreisen
Herr Adalbert Hadelbart

Frau Heide-Lore Wolkenstein
Herr Heinrich-Hubert Laterosil
Herr Nikolaus Akomalobitsch
Frau Hanni-Heide Breitendörsam

Herr Fritz-Olaf Winkelhuber
Frau Heliolinde Stürgast
Herr Bobberich Hülsenstamm
Frau Mariolene Hellakoptik

Herr Adalbert Hadelbart
Frau Andrea Gemmerling
Herr Mirko Tribald
Herr Willibald Pisporitsch

Frau Ilka Rosenstamm
Herr Martin Kliebel
Herr Hanns-Friedrich Winkeleisen
Frau Michaela Fürgut

Frau Franzoline Stringut
Frau Kunigunde Engelbert
Frau Melissa Bida-Biederich
Frau Ariane Klappdor

Herr Heinrich Kuckelberg
Herr Marco Sirupusoalist
Herr Magidor Hubrecht
Fräulein Mariella Welksepadeiksel

Frau Milionetta Kilitobor
Frau Winkoline Starünksel
Herr Willioberich Walibinora
Herr Heinz-Hubert Klobomorolze

Herr Abionderich Kaliministu
Herr Alibert-Weinrich Zalibogötel
Herr Heinz-Herbert Zwickelbart
Herr Olaf Laboraponsor

Frau Külobiline Knechbersam
Frau Zilibiline Stilisulatel
Herr Heinz-Hubert Milirobontor
Herr Karlheinrich Knackeberinkel

Frau Insolata Trajankulatel
Herr Kliator Oronkotubel
Frau Doriane Alidawildrecht
Herr Otto-Olaf Okohukorunkel

Der deutsche lyrik verlag (dlv) ist ein Imprint
der Karin Fischer Verlag GmbH, Aachen.

Besuchen Sie uns im Internet:
www.deutscher-lyrik-verlag.de
www.karin-fischer-verlag.de

Bibliografische Information
der Deutschen Nationalbibliothek
Die Deutsche Nationalbibliothek verzeichnet
diese Publikation in der Deutschen Nationalbibliografie;
detaillierte bibliografische Daten sind im Internet über
http://dnb.d-nb.de abrufbar.

Bibliographic information published
by the Deutsche Nationalbibliothek
The Deutsche Nationalbibliothek lists
this publication in the Deutsche Nationalbibliografie;
detailed bibliographic data is available in the Internet at
http://dnb.d-nb.de.

Originalausgabe · 1. Auflage 2009
© 2009 Hermann Rodenhausen
© 2009 für diese Ausgabe Karin Fischer Verlag GmbH Aachen
Postfach 102132 · D-52021 Aachen
Alle Rechte vorbehalten

Gesamtgestaltung: yen-ka
Coverbild: »Gesicht einer Weite« (2009)
von Hermann Rodenhausen

Hergestellt in Deutschland

ISBN 978-3-89514-876-7